오래전 생소한 편지

김말희 시집

오래전 생소한 편지

문학산책사

아득함과
황홀함 사이
그 어디쯤에 착란하는 것

신과
사람 사이에 있는
기도처럼 간절한 것

슬픔보다는 기쁨으로
희미하지만 느껴지는 물안개
한줄기 어깨에 떨어지는
물방울, 혹은 빛으로
사무치게 다가오기를

2022년 9월 바람 깊어가는 때에

김말희

오·래·전·생·소·한·편·지   김말희 시집

■ 차례

시인의 말

1부

2부

3부

4부

1부

또 하나의 방

저기, 빛이 새어들지 않는 검은 방
푸른 잎이 말라 가요
검은 방에서는 달팽이들의
눈동자가 떼굴떼굴 굴러다녀요
개미들이 노랗게 탈색되고요
아직 물들지 못한 푸른 잎이 따각따각 떨어져
내려요
검은색 숫자가 입혀진 달력처럼
월, 화, 수, 목, 금, 토 빛 잃은 숫자들이 검게 번
득이죠
검은 숫자들은 날선 칼
밀림을 베어내고 말을 삼켜버려요
일요일에는 잘 익은 열대과일을 먹으며 노래 불
러요
하나도 슬프지 않게 칭얼칭얼 부르죠
거대한 숲속에는 빛이 환하게 들어오고요
사나운 짐승들과 풀벌레들이 고요하게 쉴 수 있는
새로운 방을 만들어요
그 곳에는 사랑이 넘치는 일요일만…

물항횟집의 겨울

열 평 남짓 물항횟집
톡톡 일어서는 먼지 다독이며
저문 거리로 오는 사람들 걸음 줄이었다

칼바람 스며든 자리 불꽃이 핀다

섬에서 태어나 한겨울 추위쯤 거뜬히 이겨낼 거
라고
찬물 손에 달고 어선처럼 출렁이며 살아온 주방장
손가락 마디마디 파도가 철썩인다

추워도 춥다 하지 못하는 동장군 같은 사람들
그들 위해서라면 손가락 아려 와도
접시 한가득 싱싱한 생선 담아내리라

갈라지고 뭉텅해진 손끝 사이로
파도가 삼켜버린 아비의 살갗 같은
생선들의 은비늘 쓰다듬다 어긋난 상처
목구멍 선혈처럼 뜨겁다

파도를 타고 넘은 사람만이
바다의 산酸을 이야기할 수 있는 것

그를 훑고 지나간 수많은 생선의 몸부림
눈 감고도 뛰는 심장 꼭꼭 여미었다

땀방울 같은 열기 가득 찬
열 평 남짓 물항횟집 안
찬바람 뒷짐으로 물러서고
투박한 오후 감빛 같은 햇살 쏟아진다

횡단보도

미루나무 위의 새들이 솟구치는 오후
안내견과 함께 걷는 소녀의 발걸음이 가볍다

미루나무는 지루할 겨를도 없이
그곳에서 일어나는 일을 모두 알고 있는 듯
나뭇가지를 흔들었고 새들의 꼬리를 밀어내며
허기진 그림자를 몰고 오기 시작했다

사람들은 가장 높은 옥타브로 소리를 질렀지만
불안의 그림자는 보도 위에 길게 누웠다

빛 잃은 소녀의 검고 붉은 노래
사람들은 불행을 바라보았지만
소녀는 비로소 불행을 벗어났다는 듯
더 빨갛고 창백한 밤을 감미롭게 맞이했다

요란한 경적들이 사라지자
미루나무는 그제야 바람결을 타고
부르르 잔가지 털며 건반을 덮었다

목이 긴 여자

물방울을 목에 매달고 다니는 여자
서늘한 긴 목이 롱넥 마을 여자들처럼
혹은 모딜리아니가 사랑한 잔느처럼
애절한 사랑을 지닌 것 같은 여자

그녀 목에서 금빛으로 찰랑대는 물방울
그녀가 걸어 다닐 때마다 출렁이는 물결
그 가슴 언저리에는
숨겨놓은 보석 같은 이야기가
커다란 물살로 밀려오고 밀려간다

그녀는 봄볕 따사로운 길의 민들레처럼
활짝 웃는 얼굴을 하고 오지만
커다란 눈은 언제나 물기가 배어 있어
비만 오면 가라앉는 가르다 호수처럼
감각의 촉수를 세우고
긴 목, 긴 속눈썹, 융숭한 목소리로
반딧불처럼 홀로 반짝이기도 하고
호숫가를 정처 없이 떠돌기도 한다

어디쯤에서 한 줄기 푸른 비에 흠뻑 젖고
그 어디쯤에서 한 줄기 빛에 몸 말렸을까
그녀의 긴 목에 걸린 크리스털 목걸이
물방울의 무게가 초록빛으로 점점 짙어간다

워킹 데이

이제부터 시작하자 하나, 둘, 셋 낮은 휘파람이
꽃들을 깨운다
　무작정 걸어본 날 밀물처럼 숨을 들이켜자 신이
내게 속삭인다 참 오랜만이지?
　문화회관 창문 틈으로 노인들의 느린 동작과 노
랫가락들, 모두 어디로 흘러가고 있는지 변함없이
도로를 지키고 있는 저 나무들은 몇 해를 지나도
그 자리에 그대로 서성이고, 생리대와 양말 몇 켤
레, 스타킹, 난전에서 파는 속옷을 담은 검은 봉지
가 어색하지 않다
　사람들은 오래된 반지의 색을 복구시키는 방법
을 묻는다
　변한 것을 복구하는 일이란 여과의 과정을 거치
는 것, 여과시켜야 할 무엇을 생각했다
　나를 통과한 빛과 물과 음식들까지, 지구 밖으
로 뻗어내었던 수많은 찌꺼기는 여과된 물질의 잔
재, 걷는다는 것은 그것들을 걷어내는 일, 해를 바
라보며 피어나는 꽃들의 속도를 따라 하나, 둘, 셋
서성이던 나무들 속으로 경쾌하게 걸어 든다

씀바귀

깊게 패인 볼우물에 잃은 시간을 봅니다
가늘게 흔들리는 노오란 꽃잎
붙들고 싶은 것들 참 많았을 겁니다

객지로 떠돌던 아버지
남겨진 유산은 빚이 되어
초록 잎사귀 돋아날 때마다
아픈 기억 단맛 사라져 갔습니다

웅크린 햇살이 볼우물에 갇힌 채
다람쥐 같은 두 동생 챙기며
빛 사라진 온기 없는
은빛 겨울 지나왔습니다

잃은 시간 찾고 싶은 세월의 계곡에서
여린 마음 노란 바람결에 흩날립니다

가만, 봄기운이 살며시
아직 소녀이고픈 서른의 처녀에게 말을 건넵니다

뿌리로 내린 쓴맛 깊이 감추고
어여쁜 꽃으로 피어나라 합니다

퇴직하는 나무

벚나무가 벚꽃을 바람에 내어주지 않아도
뜨거움으로 가득 차는 봄날에
나무의 꽃들은 퇴직을 하지

일이 힘들다는 핑계를 대고
하는 일이 적성에 맞지 않다고
나이를 먹어 정년이 된 나무도 있다

가득 찬 쓰레기통을 보면 비워야 하는 습성
그 나무에 가득 찬 줄기, 잎, 꽃잎들
떠나야 하는 것들은 이미 정해진 것처럼
거역하지 못하는 금기의 말들을 담고
새로운 씨앗을 품고 떠나기도 한다

봄꽃들이 떠난 자리는 아름답다
뿌리가 뽑혀 융숭하게 패인
깊은 나무의 자리는 쓸쓸하다
새로운 나무가 심어지기까지
견뎌야 하는 계절은 힘겨울 것이다

화려하게 깔리는 바닥의 그림자
다음 해에 푸른 싹으로 돋거나
쉴만한 물가의 자리를 찾아
그동안 수고 많았다고
작은 나무들의 위로를 들으며
꽃잎이 자리를 뜬다

모과의 계절이 오면

창가에 따다 놓은 모과 한 광주리
모난 것 없이 둥글둥글 실하게 여문 것이
온 방안을 향긋한 말로 가득 채운다
손님으로 온 어린 조카도 모과 향을 듣는다
그 향내 궁금한 지,
모양새 먹음직스러운 지,
저것이 뭐냐고 자꾸 묻는다
모과
아니 저거요
모과
아이 참 저거 말이에요
모과
??????
모가 뭔지 모르는 세상에서는 …

해솔길

안산시 남동구 대부북동에는 해솔길이 있다
그곳에 가면 해를 오랫동안 붙잡아 놓고
두 손 마주 잡고 서서 해를 바라보는 다정한 연
인이 된다

물결도 조용히 다가서는 해솔길
솔잎의 청정함이 부르튼 마음 쓸어준다

상점과 식당들이 하나 둘 전등을 밝히고
노부부는 소금기 많은 해물을 씻으며
오지 않는 자식 기다린다

어둠 속에서도 물결은 고요하게 차오르고
까치밥으로 남겨 둔 감 몇 개 아슬아슬하게 달
려있는 나무
노모의 주름진 젖가슴처럼 눈이 시려지는 계절
에도
저녁 해솔길은 평온하다

돌아갈 때가 되어서야 돌아가는 사람들
어디로 가는지 묻지 않아도
저녁놀에 묻혀 한 점 점이 되기까지
잠시 잠들었다가 서럽게 깨어난 오후
다시 잠들지 못하는 저물녘에는
누구인가 한없이 그리워 또 한 점…점으로 남는다

파편

번개와 천둥이 쏟아지는 것 같은
소름이 따라간다
사방으로 퍼져나가는 세포들

감염되든지, 물들어 가든지
이 시기에 퍼져나가는 것은 병든 것들
그가 던진 유리병이 병으로 퍼져나갔다

깨어진 것에 묻어 있는 숨결이며
첫 키스에 대한 기억마저 바닥으로 떨어졌다

골목에서 흘러나오는 음악처럼 그는 사라졌다
자리에 남은 조각들만 문신처럼 박혀 있다

사라졌던 음악이 제자리 찾고
차가운 숨결 위에
나뭇가지 사이에 새들이 봄을 짓는다

검은 피부에 초록이 가만가만 걸어들어 간다

그는 깨진 것을 내다 버려야 한다면서도
가끔은 발을 동동거리기도 했다

낡은 정장을 입고 휘파람을 불며 격리 기간을
마친
그가 골목을 끌고 나타나자 바람이 숨을 죽였다
나무에 매달린 깃발들은 바람도 없이 펄럭였다

사막 어디쯤 잠들어 있는 속눈썹 긴 낙타가
모래를 털고 일어서듯 그는 깨진 기억을 털어내고
첫 출근길인 듯 휘파람을 불며 골목을 지나
빌딩 숲을 향해 힘차게 걸어갔다

파편은 햇빛을 투영하며 반짝, 빛으로 태어났다

파라노이아

집 앞이 환해져 있거나
아무도 손대지 않은 것들,
새 수첩의 낱장들이 흩어지던 것처럼
눈꽃 속에서 발그레 피어나던 동백이
무의미하게 떨어진 날을 기억하지 않기로 했다
스쳐 간 것들은
간간이 바람이 데리고 온 것들이거나
아물지 못한 상처들이 머물고 있는 시간

노인은 저 사람이
지갑을 훔쳐 갔다 하거나
아내를 데려갔다고 하고
그 누구도 믿을 수 없어, 믿을 수 없어
자신도 믿을 수 없어
자신이 누구인지도 모르고 우두커니 앉아 있다
바람이 부려놓은 먼지와 그 먼지 위에
한 잎 두 잎 더께로 쌓이는 꽃잎도 믿지 못하는
살아온 날과 살아야 할 날의 경계를 넘나들고 있다

아득한 표정조차 잃어가는 무표정한 그
어느 날 바람이 흩날리다 돌아갔는지
간밤에 머물다간 비가 살아 있었는지
어느 바다에 물결이 출렁거렸는지도 모를
그가 앉았던 자리, 그가 살았던 모든 틈새
한 잎의 꽃잎이 잠시 머문 것 같은
희미한 아지랑이 한 점 멀어지고 있다

돌탑

바람이 쓸어 놓은 눈 길
백팔 번뇌 같은 돌계단 타고
해탈이라도 하려는지 사람들은
숲속 작은 암자에 무거운 몸 내려놓는다
살아가는 일이
펄떡대는 싱싱한 생선 비늘을
시퍼런 칼날로 긁어내는 것 같이
섬뜩한 비명만은 아닐 텐데,

저 높은 하늘을 이고
끝없이 쌓여 가는 수많은 이야기
모서리 난간 끝 작은 돌 하나
건드리면 와르르 무너질 것 같은
아슬아슬한 돌탑
되살아나는 비늘의 따끔거림

살점 떨어져 나가고 핏방울 튕겨도
저 작은 돌의 꿈은 돌탑을 받치는 것
녹슬고 낡고 지루한 날을 껴안고

혹 날아오르는 새가 되기 위한 것

점점 더 고요하게
떨어져 내리는 눈바람을 안고
메아리로 합창하는 비명 같은 하얀 몸부림

노을이 사는 섬

도시 한가운데를 뚫고
우뚝 솟은 새로운 섬 하나
그곳은 해도 일찍 돋는다

새벽잠 달아난 노인
햇살 먼저 드는 곳에 축축한 등짝 기대면
남은 생, 누구에게도 해惡 끼치지 않을 것 같아
아침 무르기도 전에 현관문 소리 없이 열고
그곳 찾아 나선다

가랑잎 그렁그렁 마른 가래로 날리고
두 다리 길 놓아버린 길 없는 섬

현기증 내며 살아왔던 젊음이
획획 지나치는 자동차 끝에 밟혀
출렁이는 물결로 돌아오면

눅눅한 침묵 속에 지난 언어가
무의식의 틈새로 잠겨 든다

상술에 이끌린 섬이 수면 위에 떠 있는 동안
숨 쉬는 안도감은 쓸쓸한 마지막 위안이 된다

그 섬엔 갈매기도 날지 않고
그 섬엔 눈물 빛 같은
아릿한 노을이 짙게 흔들리고 있다

종다리가 사라진 풍경

이른 봄
아파트 베란다 종다리 한 마리 찾아와
수선스러운 한 철 보내게 한다

말라가던 잎새 종달종달 살아나고
살갗 보드랍게 스치던 깃털 같은

시간은 훈장처럼 걸려있고
끙끙거리며 앓던 사랑니에
진저리 치며 돌아서도

다시 품속 헤집고 들어오는
종달새 한 마리

빗소리에 목청 더 높이
이곳저곳 가볍게 날아다니는
뿌리가 없다는 것은
홀로 유영하는 것
어느 곳에도 뿌리내리지 못할

서러운 몸짓
낮은 하늘 속으로 사라져간다

팬데믹 시대의 여행법

상점 창문 밖으로 눈이 기웃거린다
표정 없는 마네킹 웃음처럼
여인들 흩날리는 웃음이 한껏 부풀어 오른다

눈보다 더 가볍기 위해
새 옷 걸치고 형광빛에
한껏 폼 재는 여인들
가려워진 겨드랑이가 들썩이고
여기저기 솟아나는 날개 푸덕 푸드덕 거린다

여인들은 가보지 못한
강물 위를 날기도 하고
따뜻한 남쪽, 풀꽃 가득한
새소리 드높은 숲길과 고궁을 헤매며
꿈들을 하나씩 날리고 있다

상점 밖 눈이 기웃거리는 동안
적도의 중앙 케냐를 지나 세렝게티 공원의
수많은 동물에 환호하고

오로라를 가장 잘 볼 수 있다는
핀란드 북부 유리 이글루와 북위 62. 5도에서
환상에 젖어 눈발도 잠시 멈춰 섰다

눈꽃 송이처럼 빛나던 젊은 시절
잠시 그곳에 머물러 있는 것처럼
푸른 날개 펴고 차가운 눈 털어대며
멀리멀리 날아가고 있다

2부

그 남자의 웃음

남자들의 웃음을 보는 일이란
잘 오지 않는 택시를 기다리는 일처럼
때로는 지루한 인내로 기다려야 할 때가 있다

신문을 읽다가 비껴가는 걸음 같은
찬물 끼얹은 듯한 쓴웃음
서늘한 심장이 된다

아이들의 맑은 웃음소리 따라
천진스런 웃음을 흘리는 남자는
따뜻한 가슴을 가졌을 것이라고

한·일 축구전 TV를 보다가 대한의 선수가
골을 넣자 박하향이 나도록 호탕하게 웃는
남자에게는 애국심이 느껴진다고 생각하다가

담배 냄새에 절은 남자의 웃음에는
알 수 없이 자라나는 겹겹의 한숨
가만히 바라봐 주어야 한다고…

택시 타고 내리면서 덤으로 준 요금에 대해
남자기사의 교묘한 웃음을 알아채는 일이란
요금보다 덤이 많았다는 사실이 숨겨져 있었다
는 …

꽃잎의 말

피다 만 꽃을 본 적 있지요
한여름을 건너지 못하고 미라가 된 장미
당신의 침묵은 언제인가요
당신이 누운 관에서는 국화 향기도 사라졌어요

붉은 핏빛으로 침몰한 오후의 병실
더 붉게 닫힌, 아직 남아 있는 말들이 떠돌고 있
어요

잔뜩 오므린 입술과 바짝 긴장한 눈빛
바람의 호흡과 수혈 링거를 달고 버둥거리는 모
성애
늘어진 팔이 벌린 다리에 아기 머리가 걸려있어요
마른 잎으로도 꽃 피울 수 있다고 소리치고 있
네요

차라리 침묵하기로 해요
눈물도 흘리지 말아야 해요
실바람도 창가를 돌아가네요

짙은 핏빛 같은 한 생명의 탄생

지구상에는 아직도 아기를 낳다가
죽을 수 있는 일이 남아 있어요
저기 전쟁이 사라지고…
기도하는 푸른 풀밭 위에
어떤 한숨과 꽃잎의 말은 사라지지 않아요

타나카노바[*]

캐리어를 끌고 도시를 횡단하는 여행자들의 그
림자 위로
칼날처럼 매끄러운 봄 햇살이 고개를 든다

저들은 어디서 온 것인지,
지나가는 공항버스의 의문스러운 바큇자국과
구름에 새겨져 있을 보이지 않는 선들
실눈으로 확인하며 하늘에도 성벽을 쌓는다

성 베드로와 바울 요새에 갇혀 있는 그녀
살려달라는 비명조차 아름다운 것이어서
차오르는 물속에서도
황홀한 권력 휘두르고 싶었던 것이었을까

천년 세월 거슬러
신라의 숨결 같은 붉은 피 아직 내 가슴에 흘러
왕녀였다고, 공주였다고…

피의 내력 붉게 꽃피우고 싶은 지금은 춘 삼월

열두 달의 권력을 쥔 삼월만큼
한 폭의 명화로 남아 있는 황녀

이 지상을 뒤흔드는 검은 물빛과 핏빛, 그리고
찬란한 쪽빛이 흐르는 남한강에서
황금빛 죽음을 흔들어 본다

* 1745 프랑스 국적 여제 엘리자베타의 숨겨진 딸
  제위 계승자

내시경

세상에서 가장 긴 강이 흐르고 있는
몸속을 유영하네
몸속 물의 색을 하얗게 흐려놓은 유액은
몸속 돛단배 되어 떠도네
아득한 강 속을 떠도네
드넓은 중국의 장강長江에 흘러들어
삼대 시인을 만나는가
목젖 어디쯤 두보의 춘야희우春夜喜雨를 만나
봄비에 속절없이 앓지는 않겠네
계절 잃은 수렴동에 서서 떨어지는
폭우를 즐겨보겠네
거꾸로 세상을 바라보면 어지러움도 없이
신기한 것 가득해 웃음이 절로 나네
아름다운 홍등紅燈이 가득한 거리
무슨 복福이든 차고도 넘치게 흐르는지
단단한 위벽에 소동파의 적벽부를 적어놓겠네
구부러진 줄기를 따라 한숨 쉬어보며
소동파가 거닐었던 대나무 바다에 들어서서
한 가닥 낮게 깔리는 퉁소 소리도 들어보겠네

금빛 출렁이는 강 그 강가에 서서
저무는 저녁놀 바라보면
도연명의 귀거래사歸去來辭가 들려오네
그대 지금 어디로 돌아갈까?
발길 아득해지네

그 사람

일상의 꿈으로 허우적거리는 시간
심혈 쏟지 못하는 까닭에
날개 지쳐 돌아와 눕는다

아이들 웃음소리 아련해지는 골목길
긴 한숨 소리만 빈 공간 메우고
경적 소리 높아지길 기다리고 선 사람
그늘을 비껴간다

지금 시간은 혼밥의 위로와
많은 이의 허기를 달래려
노동의 숨결이 노래한다

지나가는 길손들에게 눈 맞추며
반가운 손님이 되어주기를 원하는 까닭에
갈라지는 심장 애타는 목마름으로 등 휘어져 갔다

사슴처럼 물기 어린 눈망울로
창밖을 보면 벌써 어둠이 내리고

먼 하늘도 총, 총, 총 가깝게 다가서는데
찾아오는 이들의 걸음은 어디로 갔을까
골목길 한켠에 우두커니 한 사람이 서 있다
사랑하는 그대 그 사람이

겨울비

새끼 고양이는 목젖 쉰 소리로
폭우 속 검푸른 밤 한 귀퉁이를 찢어대고
비는 먹다 버린 껍질들을 모아왔다

젖어 있던 것들에서는 흉흉한 냄새가 났다
널려있던 추억에 새 옷을 입힌다

젖은 나뭇잎들은 밤새 말없이 쓸려가고
껍질들은 스스로 죽음을 맞을 것이다

장마처럼 폭우가 그린 검푸른 겨울밤
갓 태어난 고양이 울음소리도 검푸르게 죽어가고
남김없이 흘러갈 수 있다는 것은 제 몸 전부를
준 것

어미 고양이 울음소리는 밤새 살아났다, 사라졌
다…
낡은 거울에 일렁이는 줄무늬가
새끼 고양이의 울음도 삼켜버린 것일까

빗소리의 경계에서 뚝뚝 쉬지 않고
잠속까지 따라온 겨울비

쓸쓸하게 따뜻한
고요하게 떠들썩한
무수한 약속들이 싸늘하게 떠내려갔다

허전한 오후

집 뒤 한켠 텅 빈 절구통을 보네

고요란 고요를 끌어안고
가끔 늙은 고양이가 한숨 토해내는
푸성귀만 무성히 자란 뒤란에
삭은 몸 누이고 있네

이따금 부는 바람결에 들리는
작은 소식이라도 반가울 것 같아
햇볕 따라 동그랗게 귀를 여네

빛바래가는 귀퉁이 마음의 소용돌이
일깨우기라도 하는 듯
그늘을 벗기고 있네

허당처럼 빈 마음이
허허롭게 웃다가
허공에서 찰랑거리다가
구름으로 흘러가다가

허다하게 피어나는 허튼 마음만이
허
허
헛, 헛기침만, 헛 절구질만 해대는…

문門

노크도 없이 너를 두드린다

막무가내로 나를 열어젖히던
투박한 손등 사이로
찢긴 시간들이 젖어 들었다

통과의 빛이 스친 문짝을 열 때마다
삐걱대는 둔탁한 소리
너와 내 살을 갉아 왔다

살을 비비면서도 길들이지 못한 수음의 시간
부풀어질 때로 부풀어 올라 등 돌리며
한 옥타브씩 높아지는 고음의 소리
고막을 타고 갈라지고 있는 틈새

기대어 산다는 것의 유약함을 벗고
홀로서기 위한 그늘을 펼 때마다
삐걱이는 통증의 소리
문틈 사이로 빠져나가

습기 없는 녹, 뼛가루 한 줌 연기처럼 타올랐다

소멸의 시간
눈물 흘리지 않겠다던 약속은
봄날 벚꽃처럼 흘러내렸다

한 방울 기름 같은 진액의 언어
솜뭉치로 덧발라 매끈해진 문 틈새

여닫는 사이사이
문들이 소리 내지 않는다
너와 내 살이 길들여지고 있다

노크도 없이 너를 두드린다

알 품는 목련나무

씨암탉 잡으려다 놓친 아저씨
지붕 위에서 구름 따라 거니는 닭 쳐다보다
죽기 살기 동그란 닭의 눈동자 마주했다

긴장한 닭 볏 하늘 향해 빳빳 꼿꼿한데
아저씨 마당 한가운데서 제자리걸음이다
꽁지에 질린 눈가로 핏발이 섰다

오른쪽 왼쪽 수시로 기울어지는 고개
저 닭처럼 위기에 몰린 신세가 있었을까
숨 노린 자들의 위협이 코앞에 있었던 순간
꽁지 빼고 하얀 뒷걸음질했을 것이다

걸음의 자국마다 땅 파이고 하루가 폐기된다
언제 그랬냐는 듯 목련나무 위에는
하얀 알 수북하게 걸려있다

맥문동에게서 온 편지

뜰 가장자리에서도
나무 아래 그늘진 곳에서도
흑 진주알 같은 열매 송이송이 매달고 말았어요

잡초라고 눈길조차 아꼈던 저들에게
빈 땅, 빈 마음에 무성하게 뿌리내려
나 쓰일 것 있게 되고 말았어요

보살피는 이 없어도
보이지 않는 그분의 손길이
풀처럼 밟혀도
불길처럼 다시 일으켜 세우시기에
내 울타리 늘어만 가고 말았어요

계절과 계절 사이
보랏빛 꽃대 훌쩍 홀로 피워낸 줄 알았지만
제 모습 그대로 행복해도 좋다는
그분의 허락이었음을 뒤늦게 알고 말았어요

떠나온 몽돌

바다 떠나 살 수 없는 몽돌 하나
어쩌다 주머니 속에서 툭 튀어나왔다

집 떠나 갈 곳 하나 없다는 경아는
번번하게 다리 펴고 누울 곳도 없다

달 기울고 마지막 그믐까지
산다는 것은 목마름이었다

색 바랜 그녀 눈동자에
바다가 드높은 파도로 일어선다

까슬까슬 남아 있던 소금기마저 하얗게 부서지고
목숨 부지하는 일이 남부끄럽지 않게
파도 앞에 더 거세게 부딪혔다

그 시간이 가지런한 결을 지니게 한 것일까

남 앞에서 친절함이 몸에 배었다

몽돌같이 차가운 시간 위로
경아를 꿋꿋하게 걷게 한다

주저앉을 수 없는 단단한 길이
반들반들 주머니 속에서 윤이 난다

안개가 걸어간 길

아침이 걸어간 들길은
안개가 열리는 길이다

이제껏 바라보던 아침 얼굴이 낯설다

젊은 날은 아득한 길을 떠나고
마음에는 겨울눈이 내려앉는다

잔주름 고운 애잔한 미소를 지닌
그림 속의 여인은
부드러운 눈빛으로 말을 건다
인형의 집을 탈출할래요

푸른 새벽이 하얗게 되는 길
함께 걸어도 길이 되지 못한 길
길 끝으로 저녁놀이 번진다
그 속에 테스는 왜 눈물을 흘렸을까

붉은 것은 더 붉은빛으로

푸른 것은 더 푸른빛으로
붉음도, 푸름도 흰빛으로 남을 때까지

아름다운 이별을 위해
남겨 둔 아침을 그리워하는 까닭에
사람들은 빛 찾아 들길을 걷는다

오후 네 시의 사거리

목적 잃은 목요일 아파트로 둘러싸인
평촌동 오후 네 시 사거리에 선다
이정표도 네 개, 횡단보도도 네 개
그림자가 사선으로 그어지고 있을 때에도
직진, 좌회전, 멈춤 신호만 깜박이고 있다
짐수레처럼 무거운 일들이
저녁노을처럼 붉게 익어 가면
내 안에 켜놓은 작은 등불 하나
푸른 신호를 받고 어디선가 달려올 것 같은
낯익은 생각 속의 행렬을 헤매다가
기나긴 끈질김 속으로 빠져든다
복잡한 사거리에선
길게 늘어진 머리칼 같은 차량들이
신호 따라 질서 있게 빗겨져 가는
행렬을 좇다 보면
끝도 없는 길을 달리는 생각이
빨간 신호등에 멈춰 서야 하는 까닭을,
가슴에 부는 바람 소리조차
횡단보도로 지나는 발자국들에게

길을 양보해야 하기 때문일까

사십 사세와 같은 오후 네 시의 사거리에
......
후진 신호등은 켜지지 않는다

가로수

꿈 한 자락 걸머지고
도시 한가운데를 서성이면
높은 품으로 밀쳐내어 버릴 것 같던
퇴색되었던 긴 행렬

긴 거리에서
들려오던 낮은 음성에 귀 기울이며
바람 소리에 간격을 앞세우고
내 안의 등대와 같이
길을 안내하던 초록 잎맥 잎맥들

아파트로 둘러싸인 도시의 사거리에
십자가와 같은 질곡들을 네게 던져주고 나면
조금은 느슨한 오후가
오색 빛으로 찬연하게 빛날 것도 같아
징검돌 다리를 건너듯 하나, 둘, 셋…
너를 뛰어넘는다

무성한 가지로 팔 벌린

낮은 품속에 내가 안기우면 이 계절,
회색빛 도시가 노랑 빛깔의 언어로
채색되고 있다

검은 물결

그해 봄은 일찍 당도했다
아름다운 한 시절이 머무는 순간
휘몰아친 물결, 아침이 갈라졌다

봄의 감각들은 물구나무를 선 채
이명으로 다가와 한 계절을 흔들었다

어귀마다 나부끼는 노란 띠는
나비 떼처럼 팔랑거렸지만
돌아오지 않는 이름을 달고
돌아올 것이라는 희망을 품고 한철을 지냈다

아무도 이름을 함부로 발설하지 않았다

자작나무 숲의 쓰러진 고목처럼
속을 비우며 앓았던 그 시간
상승하는 몸속 징후는 가라앉지 않았다

한그루 푸른 잎조차 펼치지 못한 계절들의 소름

갈라진 아침은
움직이는 모든 것을 한곳에 정지시켰다

자주 천인국

낯선 이름에서 이국적 향기가 납니다
각각의 이름으로 불리는
모습에서도 향기가 흐릅니다

한낮 따가움은 비의 결핍
바람 한 점 없는 날에도
오롯이 하늘바라기로 피었습니다

저기 고비사막의 차가운 몽골에서
여기 따스하고 정 넘치는 한국 땅으로 온 림카 양
언어가 달라도
엄마라는 이름 하나로
눈빛 서로 닮아갔습니다

분주한 식당 안 바지런히 누비며
움츠린 듯 웃음 날리는 림카 양
이국에서 사랑의 꽃 피워냅니다

늦가을 새들에게 기꺼이 양식이 되고

우뚝 자란 푸른 꽃대는
텅 빈 겨울 들녘에 포근한 배경이 되어주는
자주 천인국, 사랑이 만발입니다

파인애플 파는 사나이

맞지 않아요. 당신 이름이 준이라는 것
누가 지어주었을까요

푸른 물결 비취색이 반짝이는
지구의 동쪽에서 온
차라리 팜이나, 람보라거나

내가 알고 있는 눈 크고, 검은빛이 나는
그런 얼굴들의 이름이 맞을 것 같군요

맞지 않아요. 당신의 고향이 진주라는 것
채 익지 않은 파인애플의 까끌거림으로 남아 있을

낡은 운동화에 스며든 비릿한 바다 냄새
바닷가에 줄 서 있는 푸른 야자수 사이로
모래사장 길을 거침없이 달렸겠지요

그렇게 달려온 길이기에 차라리
저기 먼 에덴동산 같은 곳이라고 말해야 옳지

않은가요

　　물이 흘러내릴 때까지도
　　아무도 사주지 않는 파인애플을 들고
　　당신은 소년과 같은 웃음만을 흘리며
　　긴 속 눈썹이 있는 검은 눈만 깜빡이더군요

　　그 마음은 푸른 야자수 잎으로 넓게 펼쳐지고요
　　그 아름다운 지구의 동쪽을 그리워하는 까닭이
겠지요

　　나는 한 개의 파인애플을 들고
　　당신의 생애를 묻고 있네요
　　혹시? 아담…

3부

스며든 창문의 빛에 대하여

아침을 만난다는 것이
풀잎이 이슬 받는 것처럼
작은 새소리에도 떨리는 것일까

무거운 눈꺼풀이 스스로 가벼워질 때쯤
한 줄기 빛이 스며들면

아침을 편안하게 받아주는
마음의 창문을 연다

창문이 있다는 것은
시작할 수 있다는 것

드리워진 커튼의 짙은 색이
하얗게 빛바래가는 시간은
꽃잎 지는 것처럼 계절이 바뀌는 것이지

머리 하얗게 되는 것은
살아갈 날이 더 아까워지는 것이지

오래 들은 새소리와
이름 들어 눈에 익은 꽃들과
부드러운 아침 햇살에 바랜 창문의 커튼
그리고 너와 나 오랜 시간 속에
스며든 기억은 한줄기 스펙트럼인 것

바람의 시간 속
누워 있는 풀들이 일어난다
온 마디마디가 다시 꿈꾼다

방의 이력

방의 기억을 더듬는다

자라면서 스쳐간 방들은
슬픔의 무게를 견디지 못해 삐걱거리며
차갑고 냉랭하다

눈치를 보면서 켜둔 불빛, 빛을 감추려고
이불 뒤집어쓴 채 잠을 설치기도 했다

방은 언제나 고요하다

낯선 여인과 처음으로
한방을 쓰던 그 복잡한 현실은
알 수 없는 불안으로 흘러갔다

방, 수십 개의 문이 열리는 순간
방의 이력이 쌓여갔다

열두 대문 열고 대청마루 건너

드넓은 광장 같던 안방이 어느 날 작아졌고
담도 문도 없는 초라한 방에서
두려움 없이 잃어간 핏빛의 방

어머니와 함께 꽃씨를 흩고
흰 머리카락 바닥에 깔리는
대리석처럼 차가운 방에 홀로 서성이다

온기 그리워하던
따끈한 온돌방에 이르러서야
방의 이력들이 별빛으로 내려앉는다

보름달 뜨면

눈 감으면
어둠 속에서 깊은 우물이
보름달을 삼키고 있다

무거운 두레박으로
반쯤 남긴 물 길어 올려내던
시리고 춥던 기억은
제삿날이면 돌아오시던 아버지
걸음처럼 쿵, 쿵, 쿵 소리를 낸다

우물 속에서 본
보름달은 아버지 얼굴처럼
크고 밝았지만 무섭지는 않았다

비탄의 세월만을 살아온 아버지
술과 여자 그리고 학문
우물 속에 가두어 두고
길어도길어도 결코 길어낼 수 없던
아버지 마음 한 자락

사라진 우물 속에 두레박 내리고 있는
아홉 살 계집아이는
아버지의 뒤뚱거리는 등에 업혀
아득한 위태로움으로 흘렸던 식은땀
그 끈끈함으로 오래도록 앓았다

어둔 밤길을 환한 보름달로 헤치고
빗장 내린 대문 안으로 들어서는
아버지의 발자국처럼
속 깊은 우물은 검게 출렁거렸던 것을,

보름달 뜨면
집안 가득 아버지 얼굴
둥그렇게 솟아오른다

바구니에 담는 행복

가을꽃 한 아름 모아 바구니에 담아보네
코끝에 채우는 알싸한 가을 향기
소담한
소박한
소중함으로 다가오네
일상은 이렇게 잔잔한 것
아무것도 아닌 것 같은 작은 일이
미소 짓게 하는 것
당신, 그리고 누구든
행복하세요. 이 가을

다락방에는

숨겨진 꼬투리를 밝기 위해
기 쓰고 올라간 다락방에는
일곱 살 계집아이의
호기심이 잔뜩 묻어 있다

감춰 둔 달콤한 감기약
한 술 유혹에 취해 잠들어 버린 날
가족을 놀라게 한 어린 날 다락방에는
호된 아버지 목소리가 쩌렁쩌렁 들린다
실눈 사이로 보이던 노을 속에
하얗게 질린 젊은 엄마 얼굴도 남아 있다

발효되는 된장 맛이 큼큼 흐르고
마른오징어 냄새가 질겅이는
바닥에 누워서도 푸른 하늘을 볼 수 있었던
콧물 흐르는 불편한 감기조차 달콤했다

아버지의 낡은 외투처럼
벽장에 붙어있던 다락방에는

갈래머리 땋은 해맑은 언니와
까까중머리 어린 오빠 얼굴이
해바라기처럼 총총 피어난다

온돌

따끈한 돌 하나가 손에 쥐어져
내 등을 쓰다듬습니다

온기가 퍼지며 피로가 풀리는 동안
어릴 적 온돌방으로 몰고 갔습니다

덥혀진 따끈한 이불 속
얼었던 손과 발 녹아들 때

물처럼 가슴속에 흘러들던
엄마의 펴지지 않는 곱은 손

이제는 그 온돌방으로
엄마!
당신을 초대할 수 없어
작은 돌 하나 따뜻이 데워봅니다

기다리는 마음

흐릿해지는 겨울 하늘
첫눈이 그 누구를 데리고 오시려나 보다

단풍잎 짙어가며 가슴 설레게 붉어지는데
딸처럼 새초롬한 바람이 얼굴을 비벼댄다

새순처럼 부끄러운 얼굴
단풍같이 붉은 마음
이슬처럼 맑은 고백
짧게 스쳐 가는 입맞춤 같은,
첫눈처럼 첫 사람이 온다

해마다 첫눈이 함박꽃같이 내리기를
기대하는 젊음이
흐릿한 겨울 하늘 끝에 달렸다

코트 깃 세우고 들어서는 저기 젊은 이
장모님 눈길이 환해진다
시아버지 눈길이 미끄러진다

화려한 조복粗服

골목 빠져나온 연탄재가 도로를 뛰어간다
미처 타지 못해 남아 있는 검버섯
바람에 시달린 흔적 역력하다

생애에 반짝이던 순간도 있었겠지만
지그시 눈 감으면 순간은 아득한 언덕 멀리 있다

연기처럼 꺼져버릴 것 같은 고통을 달고 있는
이를 옆에 두고
눈뜨는 아픔을 차마 바라보지 못했다

그녀의 외출은 병원에 갇힌 남자를 만나러 가는 일
창밖 느티나무 키가 쑥쑥 자라났고
병원 뜰 꽃밭은 몇 번인가 다른 종들로 바뀌었다

마디 굵은 손과 뭉텅해진 손톱이 언제부터인가
지극히 자연스러워서 다른 골목을 기웃거렸다
빛이 쏟아지는 골목의 안, 그만
내려놓을 어둠이 있었다는 것을

병원 뜰의 꽃이 시들어가고 계절이 숨어들었다

한때 아름다움이 붉은 재의 가슴으로 뛰고
한때 푸른 꿈은 몇 번씩 커브를 돌았지만
한 번도 길을 바꾸지 않았다

오늘, 그녀가 입은 조복粗服이 화려하다

해바라기 따라

활짝 웃는 노란 얼굴
언제 저렇게 크게 자랐을까
일산행 지하철 안에서 보이던 북한산
북한산은 북한에 있는 건데?
사랑스런 눈 굴리며 말하던
개구쟁이 여섯 살 아들

입시지옥을 견디고 취업난 겪을 때
힘들지나 않을까 싶은 엄마
아들에게 행복하냐고 물었다

이렇게 예쁜 엄마가 옆에 있는데
그럼 행복하죠! 능청스럽지만
가지 끝 털 보송보송한 아들의 말
엄마는 이 세상 무엇도 부럽지 않을 만큼
또 행복해져서 키 큰 해바라기 따라
성큼성큼 종종걸음으로 피어난다

신종 제사법

폰 속에 등장한 아버지 초상화 앞에
납죽 엎드린 여인의 뒤태가
골목 어귀에 놓여있던 우듬지처럼
가문 깊은 장손 큰 며느리답게 푸근하다

타국에서 드리는 아버지 제사
번번이 참석을 거부할 수밖에 없다
장손은 눈으로 절을 하고
손가락으로 술이라고 써서 올린다
메밥을 올리고 국을 올린다

이제 '다 같이 절하자' 날아오는 문자에 맞춰
허공에 절을 한다
장손 찾아오는 길 잃지는 않았을까
바람 소리에 귀 기울이며 눈은 스마트폰을 잡는다

사돈에 팔촌까지 모여 지내던 거대한 제사
민들레 홀씨처럼 가족 흩어지고, 나뉘고,
스마트폰 시대에 새로운 풍속이 자리 잡는다

"카톡, 카톡"
울리며 지내는 즐거운 제사 놀이
어디로 가야 할지 황망한 아버지 걸음 찾아
스마트폰 속을 더듬는다

낯선 길에서 길을 만나다

한가득 채워 넣었다, 부푼 꿈

마음 먼저 떠나는 길
시도 때도 없이
시동을 걸고
급정차하면서
울퉁불퉁한 길모퉁이처럼
이쪽저쪽 마구 구겨 넣고 다닌 꿈들이
깨지고 부서지고 길을 잃었다

잠그지 못한 채 들고나온 가방
손길 닿을 때마다 부서지고 엉킨 기억
쉽게 만져지지 않았다
다운되지 않는 내비게이션처럼
손에 잡히지 않는 지상의 이름 이름들

비탈길로 치닫는 생의 한순간
립스틱이, 파운데이션이, 휴대폰이
한쪽으로 우르르 몰려들기도 하면서

일그러진 낯선 얼굴로 허둥댔다

유턴하면서 제 위치를 찾기까지
밑동 잘린 나무처럼 열린 가방은 속을 드러냈다

언제쯤 열기 없는 몸, 편안한 휴식이 될까
백미러를 닦고 차곡차곡 속 쟁이고 나면
낯설음이 또 다른 세상이
푸른 날개 달고 새 길로 다가온다

꿈꾸는 발라드

오래 밀폐된 상자의 뚜껑이 열렸다
늙은 여자의 주름진 얼굴처럼 폭로된 비밀
빗물 흘러든 흔적과
죽은 짐승 냄새가 훅 끼쳤다

오래된 먼지는 시간을 걷어갔고
냄새들을 간직한 채 땅속 깊이 빨려 들어갔다
그 깊숙한 곳에 파고든 한숨은
삭아지고 땅의 부드러운 숨결로 다가왔다

하늘을 나는 생명체와 비행기의 속도가
성형수술대 위에 누운 여자의 두려움을 통과한 채
보도블록 사이로 스며드는 순간
새로운 것이 더 새롭게 낡은 것을 지배할 동안
나무들은 제 뿌리가 흔들리고 있음을
파르르 흔드는 잎으로 두려움을 말했다

새롭게 단장된 보도블록
그녀 얼굴이 달라졌다

그녀 이름이 바뀌었다
오래된 세상에 새것들은
뿌리를 내어놓아야 한다는 것을
산뜻해진 보도블록 위를 걷는
낡은 신발이 소리치며 웃는다

꽃자리에 앉은 꽃 그림자

낮게 걸린 현수막 사이로
떠나고 싶지 않은 사람과
떠나고 싶어 하는 사람 같은
흐르지 않는 전신주가 길게 누워있다

점점이 비워지는 도시
깨어진 유리창 사이로 넘나드는
빛과 그림자와 어두움 사이
겹겹의 옷을 입은 바람이 온다

야행성으로 길들여진 짐승들
그 울음소리를 들어본 적 있다
어떤 물질들을 분석하며 차단된 폐허를 찾는
파란 눈의 패배자들이 몰려오는 동네

허물어지지 않는 낡은 아파트 단지
그들의 제국이 버려지기 위해 들어선다
버려지는 것은 새로워지기 위한 것
처참하게 버려지고 또 버리고 싶다고

어둡고 좁은 지난날의 권태를 벗고
막힘없이 솟아오를 때까지, 꽃 그림자 펼 때까지
이 낡은 도시를 사랑하기로 하자

투석 중인 느티나무 한 그루
힘없이 그들을 지켜보고 있다

진눈깨비

도시의 밤을 걸어 들어선 쾌쾌한 발자국
습기 머금은 듯 검은 이끼 잔뜩 달고 있다

풀어진 머릿결에서 흐느적흐느적
물살처럼 흘러가던 슬픈 세레나데

속도 잃은 바람에 뿌리조차 흔들린 것일까
조여 오는 숨통 풀고 싶어 꾸역꾸역 낮술 쏟아
부었다

황홀한 오렌지 꿈에 젖어
쏟아놓은 배설물 주워 담지 못하고

남아 있는 낙엽들 흔적처럼 나뒹굴고
인장처럼 새겨둔 시간 두고 나선 비정한 길 위에
쇠잔한 바람 속 눈발 질척질척 쌓여간다

목젖 따갑게 딸각거리며 쓴 소주 들이키던
곱게 단장하지 못한 서늘한 젊은 여인

비틀거리는 길 주워 담고

얼어붙은 거리 맨발로 뜨겁게 녹이며 스러져

간다

어그 부츠

무심코 신은 신발이 내 것이 아니다

딸이 벗어놓고 간 겨울 털신
얼어붙은 겨울 길 포근하게 걸어본다

얼룩진 신발의 표면
허겁지겁 걸어간 하루가, 한 달이 수년이 흘렀다

숨 가쁘게 다닌 딸의 숨결이 발끝에서 전해져
올 때
발을 쉬지 못하게 했던 신발의 흔적

촘촘한 계획을 하나하나 밟아가면서
네 꿈을 위해 걸었던 길을 읽는다 너를 읽는다

명품을 고집하지도 않고
하이힐을 신어 볼 틈도 없던 너의 일상은
훗날의 아름다운 미소

못생긴 신발 속에서 새싹이 자유롭게 유영
한다

백일홍

비비 꼬인 골목을 돌아서면 그늘 속에
생기 잃은 얼굴 골목의 바깥을 기웃거린다

아침 산책길에 잠깐 부딪힌
쓸쓸한 미소의 여자 얼굴이
간밤에 폭우 만난 듯 헝클어져 있다

짙은 분홍의 레이스 치마 아래로
스멀스멀 검은 씨앗들 흘러내린다

두 팔 벌려 하늘을 품었던
화려한 지난날이 한순간
열망으로 타버리고 사랑이란 이름은
비루해져 꽃잎조차 시들하다

희끗희끗 자라나는 귀밑머리
하얀 그림자만 남았다

세상과 소통한 시간이

새침한 듯, 성숙한 듯, 초월한 듯
지는 듯, 마는 듯

깨끗한 아침 골목길,
허공의 몸짓 다시 웃지 못한다

눈웃음 버리고 평화로 악수하는 그녀
담장 그늘을 벗고 푸른 하늘로의 회귀를 꿈꾼다

달맞이꽃

고독이 머무는 자리엔
무슨 이름의 꽃이 피어나는 걸까

불러도, 불러도
대답 없는 이름들을 밤새도록 부르다가
새벽을 밝히는 닭처럼 어둠 걷어내고
젖은 이슬 삼키는 여든의 노모

눈에 넣어도 아프지 않던 자식들
눈이 아리게 기다리는 일도
나이테만 긋고 잊어가는 일도
항아리 속에 소담히 담아놓았다

고통처럼 어둠이 찾아오면
달빛 따라 노래하듯 보고픈 이름들 불러낸다

그리움도 깊으면 뿔이 돋는다는데
먼 아프리카 성난 임팔라 사슴처럼
뿔이 자라고 있는 노모

밤마다 항아리 속 자식에게 호통치지만,
곤히 잠든 이웃의 가슴만 아프게 때릴 뿐이다

다 탄 검댕이 누룽지 한 술에
말라버린 김치 한 조각으로 기력 회복하면
또다시 찾아오지 않는 칠 남매 생각

밤마다 항아리 속에 갇혀가는
아직은 세상 끈 놓지 않은

십오 평 아파트에 홀로 피어있는 달맞이꽃
휘영청 보름달보다 환하다

주목朱木에 기대다

지구는 겨울을 향해 달리듯
12월에 와서 닿았다
크리스마스트리는 인류의 등
반짝이는 불빛 사이로 기울어지는 한해
붉은 열매를 매단 겨울 주목이 12월을 밝힌다
어둠이 묻히고
사람들의 슬픔이 묻히는 밤
등을 보이며 웅크린 채
돌아누운 사람은 외롭다
혼자 아파하지는 말지니,
곧은 나무처럼 등 펴고 일어나
희고 따스한 불빛 가슴에 품어보자
푸르고 노랗게 타오르는 빛
마침내 붉은빛으로 다가오는 예수가 보인다
아기 예수가 미소 짓는다
어깨너머로 보이는 작은 예수의 등
십자가를 지고 갈 저 등에
오늘은 모두가 고요하고 성스럽다
오늘은 모두가 기쁨과 감사에 젖는다

4부

마음의 집

버리고 갈 것의 목록을 쓴다
변한 우리들의 화분
비루한 잎사귀들 뚝뚝 잘라내고
버리고 가야 할 네 이름을 첫 칸에 썼다가
차마 버릴 수 없어 다시 지운다

이리저리 옮겨도 잘 자라던 순한 것들
가져가야 할 것들에 다시 동그라미를 그린다
뱅갈고무나무, 벤자민, 호야나무, 행운목
변한 잎과 벌레 먹은 흔적을 잘라낸다

마음 틈바구니에 새로운 틈을 만든다
새 집에 먼저 들어와 있는 알 수 없는 먼지들
버려서는 안 되는 것과
버려야 될 것들이 뒤죽박죽이 되었다
살아가는 일이 잎을 정리한 화분들처럼
반듯하지만은 않다
벤자민 나뭇가지 뾰족한 새잎 돋고 있다

그리운 말싸움

머리가 무거워졌다
즐거움이 자라날수록 고개 들지 않는
수구리족은 세상의 속도만 읽는다
가득 훔쳐 온 풍경들, 몰래 가둔 것들을
이따금 슬금슬금 꺼내어보기도 하는
고개 들지 않는 낮과 밤이 말을 거부한다

대낮 수선스러워진 버스 안, 전등이 켜진다
운전기사에게 트집 잡는 사내
한곳으로 쏠린 눈빛들이 조마조마하다
한동안 소란스러운 실랑이가 그치고
누군가 부드럽게 인사를 건네는 고개 숙임에
말[言]에도 빛이 어린다

단상 위 새빨개진 얼굴,
웅변대회 연사들처럼 한때는
말 잘하기 위해 목청을 늘렸다
휴대폰에 눌려 사라진 정겨운 목소리

말이 자라지 않고 손가락만 길어지는 세상
속삭이고 싶은, 지독한 수다를 떨고 싶은,
마주 보며 달콤한 밀어를 나누고 싶은…
작은 실랑이조차 반갑다

도시의 밤

서성이는 그림자는 누구일까. 잠들지 못하는 밤
에는 매니큐어를 칠한다. 회색이거나, 짙은 밤색은
어떠니. 매니큐어를 바른 손톱이 쉽게 마르지 않
아 이리저리 흔들고 있는 여자. 재미있는 변주곡
이 만들어진다

죽으면 변하는 손톱의 색에 대해 혹은 벽을 타
고 내려오는 금방 태어난 새끼 바퀴벌레, 검은 그
림자 창백한 손의 그림자, 말라붙은 매니큐어들은
버려야지. 천경자 화가의 독특한 색감을 기억해
낸다. 노천명 시인의 목이 길어서 슬픈 사슴을 찾
아간다. 창밖에는 비가, 번개가, 천둥이 밤의 손톱
에는 조금 더 강렬한 색이 어울릴 거야라고 말하
면서

잠자는 남자는 피노키오를 닮았다. 24시간을 근
무하고 밤잠이 두려워 낮에는 결코 잠들어서는 안
된다던 남자, 집은 멀리 있는 것, 이 거리를 두고
기대해야 할 것은 지상의 거처에 대해

안식하지 못하는 사람들 그건 불행한 일이야. 살
아지는 대로 살아보렴. 하고 말하는 사람들

인구가 많이 줄었다고, 빈집이 도시에도 생겨날
까. 기대를 버려, 그때는 그 남자가 자기 집을 갖
게 될지도 모르지

어

쩌

면

폭탄이 퍼붓는 전쟁터에 두고 온 집을 생각할지
도 모를, 허물어진 옛것들이란 하나도 슬퍼하지
말 것이라는 말을 하는, 여자는 손톱을 뽑고 또 다
른 밤의 색에 대해 매니큐어를 찾는다

오래전 생소한 편지

깎지 않은 연필처럼 통째로 온 너를 기억해
아낌없이 내주었던 깨알 쪽지에 담긴 마음

조금씩 깎여가면서 속 깊은 줄 알았고
심지의 깊이만큼 서로를 보듬으며
낙서처럼 듣던 사각대는 소리 즐거워
작은 가슴 푸르게 타올랐다

가끔은 서로의 말에 귀 기울이지 않을 때
쓰여지지 않는 말을 끄적이며
뾰족한 시간들도 보랏빛 향기로 쌓여 갔지

오래된 상자 속에 담긴 편지가 낯설다

수없이 나눈 얘기들 속에도
다 읽지 못한 네 마음이 있어
한 번도 쓰지 않은 새 연필의 모습
그대로를 잊지 않고 있지
그 많은 첫 네 모습이

어느 구석에 몽당연필로 숨어버렸고

눈멀어가고 실핏줄 돋는 힘없는 다리
바람처럼 먼지처럼 날려도 변하지 않는
기억들 그림자같이 가물거릴 때

노트에 기록을 남기는 연필처럼
마지막 페이지까지 꾹꾹 눌러
첫사랑 이야기 흔적 한 줄 남기고 싶은 날

오래전 생소한 편지를 읽는다

가시 숨긴 장미

이른 아침 포로롱 튕겨 오르는
참새 떼의 신선함같이
교정 빠져나오는 여학생들의 재잘거림
빼곡하게 숨겨놓은 가시가 밤바람을 깨운다

아침 건너고 점심의 나른함과
저녁의 무력감에도 휴식을 취할 수 없다

친구와 수다도 없이 들어야만 하는 수다 인강*
조바심에 밤잠을 설치곤 했다

울타리에 조롱조롱 매달린 붉은 꽃송이
무심코 지나간 소낙비에 뽀로통한 얼굴
소녀에서 숙녀로 성장하는 진통에
푸른 잎마다 뚝뚝 떨어지는 비수
가슴에 송송 구멍을 내곤 했다

자정 넘긴 시간 불빛들은 폭격처럼 거리에 쏟아
지고

더 높이 날기 위해, 더 활짝 꽃피우기 위해
한 줄 한 줄 지워간 노트 속의 줄 쳐진 붉은 글씨
네가 이루려는 시간들은 전쟁을 하고 있다

어여쁨도, 신선함도, 향기도, 가시보다 못한
밤새워 시름한 너의 열중이 아직은 아프기만 하다

* 인강 _ 인터넷 강의의 줄임말

상처 끝에

길 가다가 무심코 꺾었던 나뭇가지
상처를 갖고도 말없이 서 있다

무리하게 발을 구부린 탓에
발가락이 돌아가 버렸다
순식간에 벌어진 일이 아득해져서
목발을 짚고서야 일어설 수 있는 몸
몸의 아픔에 비명을 지른다

나무처럼 아픔에도 말이 없으면
옹이가 깊어지는 것일까

고통의 순간에서야 느껴지는 회한

가지 말아야 할 길을 기어코 가고자 했던 고집
옹이진 나무에서 후회와 상처로 얼룩진 마음 쓸
어 담는다

옹이 떼어내듯 발가락이 꺾이고 나서야

한 걸음 한 걸음 내딛는 일이
얼마나 소중한가에 대해
가슴에 가르마를 냈다

넉 잔의 커피

아침 대신 마신 커피에는
백마 탄 왕자가 올 거라는 기대감이 떠다녔다
빈방을 허우적거리며
이미 떠나고 없는 너를 그리다가
다시 다가올 너를 그리다가
오후에는 막 갈아서 내린 커피를 마셨다

가장 맛있다는 커피를 내리는 동안
몇 번의 입맞춤 같은 따스함이 스몄고
미처 걸러내지 못한 쓰디쓴 알갱이 같은 문장
가장 알맞은 커피의 온도를 재며
가장 알맞은 문장을 만든다

한 줄 문장조차 걸리고 마는
온통 씁쓸함으로 가득한 커피
온몸의 전율을 꿈꾸는 그 향기는 어디에서 찾을까
키 작은 엄마는 구순이 되어도 한 뼘의 키가 컸
으면 싶어
단화를 신을 수 없었던 것처럼

그 무엇인가를 아직도 걸러내지 못한다

또 한 잔 베네커피를 주문한다
지상에서 가장 황홀한 맛을 지닌 시의 커피
너를 기다리는 동안…

둥근 의자

비 그친 뒤 분리수거대 앞 버려진 둥근 의자
고양이처럼 오독하니 앉아
때로 매서운 눈빛으로 정면을 쏘아보기도 하고
해 질 무렵 반짝이는 능선 따라
돌아갈 곳을 찾는 듯 물기가 맴돌기도 했다

숲속 수많은 상처로 얼룩진
사나운 맹수처럼 거칠기만 하던 사람
기댈 곳 없지만 앉은 자리 편해
빙빙 돌며 제 방향만을 고집했다
그 방향 구속하지 않고 그를 받아던 의자

누렇게 퇴색된 자신의 모습을 마주할 때마다
새로운 밀림을 향해 떠나간 그 눈빛을 떠올리
는 듯
깊게 둥글어져 갔을 너그러워진 가슴을 생각
하듯
그가 바라보던 그 아득한 풍경을 마주하고 있다
다시 돌아오지 않을 그에게서

버려진 줄도 모르는 둥근 의자
해 뜨고 지는 시간을 묵묵히 바라보고 있다

나무의 고민

기우뚱해진 벤자민 나무
중심 잃고 엉성한 자태를 드러내고 있다

나무의 속에서도 반란이 일어난 것일까
뿌리에 감춰진 깊숙한 어둠들이 소동을 벌인다

웃자란 가지 모자 벗기듯 잘라냈다
나무는 흰 피를 흘리며 비린내를 뿌렸다

한 줌 어둠이 들춰질수록
그가 쌓아놓았던 거대한 숲이 흔들렸다

중심에 들기 위해 손바닥 비볐을 저 가지의 끝
새들 깃들 자리조차 없는 비정한 곳에서
사정없이 내팽개쳐 길거리에 주저앉은 나무
탄내 진동하듯 속이 드러나 검은 낯빛이다

겉잎만 무성해져 허리 가늘어진 그 남자
뭉게뭉게 뿌연 담배 연기 뿜으며 세탁소로 향

한다
　밑동 잘린 벤자민 한 그루 시름 중이다

꿈꾸는 누에고치

전국에서 땅값이 제일 비싸다는
명동 한복판에 그가 곤하게 잠들었어요
호루라기 한 줄에 그의 방은
번개처럼 걷히기도 하지만 잠드는 순간
세상 누구보다 자유로운 꿈을 꾸지요

사그락사그락 뽕잎 갉는 소리
한 땀 한 땀 몸 말아가며 집 짓던 사람
포근한 침대에서도 편안하지 않던 잠
마른 가지 뼈를 갉는 순간마다
제 몸에서 뿜어져 나오는 온기로
궁전 같은 집을 꿈꾸었던 어제

호수가 있는 정원에는 나무 그네를 만들고
장미꽃 넝쿨 담을 넘어 피어나는 꿈속의 집
방글방글 웃는 가족의 환한 인사가 그립죠

갈기갈기 찢겨진 신문지
수많은 글자들이 와글와글 그들 덮어주는

쉿!
그의 비싼 잠을 잠시 침범하지 말도록 해요
누에는 그 안에서 이루지 못한 꿈, 꾸고 있을 테
니까요

우기 속의 기도

갑자기 창문 깨어지듯 벼락이 쳤다
누구는 번쩍이는 빛의 속도에 피할 바 없어
주여! 외치고
누구는 모든 소리를 삼킬 듯한 굉음에
스스로 죄 없음을 고백한다

가시에 찔린 듯 회개의
기도가 넘쳐나는 예배당

해독할 수 없는 방언들이 무수히 벽에 꽂힌다
가슴 쓸어내리며 관절이 상하도록 무릎 꿇은 여인
어떤 다급함이, 무슨 아픔이
저리도 두 손마디 아리게 하는 것일까

아버지 하나님만을 부르며
끓어오르는 아픔으로
철, 철, 철 흘러넘치는 기도 소리
마른 여인의 젖은 사연들
허락 없이 기도의 문 열어젖히고

두려움 없이 신을 소환하고 있다

오! 하나님,
저 여인의 기도 먼저 들으시고
뚫린 담 막아주소서

눈부신 가시연은

스무 세 살의 여린 가시네
진흙탕 속에서도 꽃으로 피었다

처음으로 되돌릴 수 없는 실수들이
잎 따라 둥그렇게 자라날 때마다
몸속 깊이 돋아나는 가시
유혹을 뿌리치기 위해서는 가시를 품어야 해
팝콘처럼 터져 나오는
허튼 웃음 함부로 흘려서는
진흙물 속에서 꽃으로 피어있기 힘들지
독한 가시네라고 얻어맞는 욕설쯤은
가시로 콕, 콕, 찔러 줄 수 있어야 해

은장도 하나 깊숙이 지니고
자줏빛으로 피어나는
스무 세 살의 까칠한 가시네
거울처럼 들여다볼수록 눈부시다

날개

불면으로 달려가는 하늘길엔
보이지 않는 구름으로 가득 차 있다

갈매기 눈빛처럼
깊고 푸르던 가슴으로
나를 이끌던
순하디순한 노루 한 마리

파괴되지 못한 절망과
부르지 못한 꿈이 엉키면
새벽녘에서야
어스름 빛나는 가냘픈 하현달

어디에 있느냐고 묻지 않기로 했다
눈빛 더듬어
끝없이 비상하고픈 날갯짓만
고요를 깨고
숙명처럼
네 곁에서 퍼덕거릴 뿐이다

무 수분 요리

미숙이가 내민 바짝 말린 과일이
과자처럼 바삭바삭
입속에서 거칠게 부서졌다

오십 갓 넘긴 그녀
눈물 없는 사랑은 사랑이 아니다가
눈물 없이도 사랑할 수 있다는 듯
수분 없는 과일을 자주 먹었다

작은 일에도 눈물 뚝뚝 흘리며
제 몸속 수분 흘려보내던
향기로운 바람결의 달콤함도
그녀만큼 부드럽지는 않았으리
둑을 넘고 사내들과 말싸움할 때면
갓 따낸 과일의 풋풋함처럼
촉촉하게 윤기 흐르기도 했을 것이다

맨살로 달려온 길의 이면같이
과일들의 수분이 말라가는 동안

몸속 수분 탱탱하게 영글어가고 있는 그녀
미숙아로 태어나서 미숙이라 부른다고
평생 늙지 않고 살고 싶다는 그녀
나르시스적인 환상에 젖어 갔다
압축된 단맛 같은 맛깔스러움 묻어나는
그녀는 날마다 무 수분 요리를 한다

세상에서 가장 긴 줄

상점 앞에는 그녀가 뿌려놓은
인연, 줄지어 섰다

계절보다 먼저 익은 열매가 탐스럽다

만나는 사람마다, 보이는 사람마다
수다로 이어지는 그녀의 질긴 하소연
두터운 날개가 되었다

그녀 고집은 악착스러워
날개는 늘 새로운 힘을 얻었다

멀리까지 퍼져나가는 상점의 이름
손끝은 더욱 매서워지고
좁은 땅 헤치고 다닌 신발 문수가 크다

세상에서 가장 질긴 끈처럼
어느 곳이나 따라다니는 성숙한 딸에게
얼음주머니처럼 차가운 모성은

어눌한 딸아이 보란 듯이
키우기 위해 삼켰던 눈물
계절보다 먼저 익은 열매에서는
쓴맛 같은 짙은 단내가 난다

세상에서 가장 질긴 끈처럼
세상에서 가장 긴 줄을 지닌 그녀
줄무늬 수박이 길게 엉켜진
질긴 끈을 붙잡고 즐겁게 팔려 간다

선인장

신경 줄 건드리는 손가락에 박힌 작은 가시 하나
빼내려 해도 자꾸 살 속으로 비집고 들어서는
뾰족함은 응징의 대가
무슨 잘못이라도 있다던가

남보다 거친 입을 가졌다
누구도 감히 하지 못할 말
속 시원하게 대변하는 독설 미녀
냄새나는 것 참지 못하고 분명하게 쏟아낸다
아닌 것은 아니라고
그녀에게 찔려도 기분 좋은,

뜨거운 열 끌어안고 사막에서 부는 바람
더 높게 불어와 마침내 초록의 평화로 묻히게 할
굵고 명료하게 자라나는 가시
독설 미녀여!
뒷담화로는 아름다운 열매 맺을 수 없지 않겠는가

무의식을 읽다

줍고 낡은 인쇄소의 한여름
윤전기 도는 소리에 맞춰 돌아가는 선풍기
평이한 눈으로 선풍기에 얼굴 대며 시원함을 느
낀다
선풍기에 맞는 날개가 없어
날개 달지 못했다는 말에
폭소를 터트리고 오랜 관습의 자국 지운다

날개 없이도 날 수 있는 짐승이 있고
날개가 있어도 날 수 없는 짐승이
길 숲에서 걸어와 사무실의 내부를 뒤적인다
자라난 일, 쌓인 파일들
느낌도 없는 키스를 즐기듯
공중에 파문을 스스로 일으킨 양 푸드덕 한 마
리 새
화들짝 놀라 날지 못하는 모습 바라본다

저물녘 외롭지 않게 창가에 앉아
켜지지 않는 불빛 속 그림자에 숨길 느끼며

즐거웠거나 슬픔이 가득 찼거나
질곡의 한때가 가을 속으로 스쳐 간다

아침이면 어김없이 양치하고
저녁이면 돌아오는 아무도 없는 쓸쓸한 집
엄마가 있는 따뜻한 방
혹은 아내가 있는 집, 편안한 밤
잔잔한 겨울 바다 고요하게 눈이 내리는…

조화造花 앞에서 향기를 맡는 것 같은
천장 끝에 매달린 어둠에서 무의식을 읽는다

푸른 노래를 부르다

― 김말희 시와 삶을 따라서

배 준 석
(시인 · 『문학이후』 주간)

시의 고삐를 당기다

말이 달린다. 달린다는 말만 말일까. 질주한다. 걷잡을
수 없다. 고삐 풀린 말이다. 제 말에 제가 신들려 달려 나
간다. 생각보다 마음이 앞서 달리는 말을 잡는다는 것이
생각만큼 쉽지 않다. 그래도 고삐 잡아당기며 같이 달리는
것이 말이다. 말과 글은 같으면서 다르다. 시인은 말의 고
삐를 자유자재로 당기는 사람이다. 그 말의 고삐가 글이
다. 글은 문자로 잡아놓아야 한다. 한 박자 쉬고 호흡도
고르며 뒤도 잠깐 돌아보며 마구 달리던 말을 천천히 승
화시켜 나가야 한다.

시인은 말 채찍도 제대로 휘두를 수 있어야 한다. 같이 덩달아 뛰는 것만 능사는 아니다. 앞뒤 가리지 않고 폭주하는 이 엄청난 감정 폭발 시대에 그로 인한 혼돈의 세월 앞에 말의 조련사, 언어의 연금술사, 다 좋다. 그런 시인으로 나타나야 한다.

값싼 말장난에, 비슷비슷 써대는 유행에 끼지 못해 안달하는 시인들로 넘쳐나는 시대에, 시 좀 쓴답시고 끼리끼리 몰려다니며 어깨에 힘들어 가 있는 한국 시단은 기현상이 넘쳐나고 있다. 사랑을 바탕으로 하는 순수와 끝까지 제 목소리를 지키려는 개성과 끝모르게 날아가는 상상과 그로 인해 다양하고 신비로운 환상적인 세계를 그려나가는 일은 한갓 몽상에 지나지 않는 현실일 뿐인가.

그때 시인은 자신을 되돌아봐야 한다. 자신을 확인하는 작업에 몰두해야 한다. 여기저기 얼굴이나 알리고 알량한 시인 타이틀이나 자랑하고 이곳저곳 문예지에 이름 석 자 올리기 바쁜 것도 현실에서의 일이다. 그런 세상을 뛰어넘는 곳에 시는 외롭게 떠 있다는 것을 잊지 말아야 한다.

문학도 몇몇 권력에 의해 휘둘리는 중앙집권적인 행태에서 아웃사이더로 지방의 한 모퉁이를 지키며 나름 외롭게 시 세계를 구축해온 김말희 시인은 어떤 말을 타고 어디로 달려가고 있는지 첫 시집의 길을 따라가 본다. 말의 고삐인 글을 잘 당기고 있는지 채찍은 제때 휘두르는지 시의 길을 제대로 찾아 달리고 있는지 궁금하다. 첫 시집이라 말이 뛰어오르지는 않는지 말이 말을 듣지 않아 흔들리지 않는지 걱정도 따라가게 된다. 더 좋은 말타기를 바라는 애정 어린 마음도 듬뿍 따라붙는다.

성실성이라든지 변함없는 심성이라든지 욕심보다 사랑을 앞세우는 김말희의 본성은 시 세계에서도 크게 어긋나지 않을 것이 틀림없기는 하지만 말이다.

푸른 노래를 부르다

개성이 있다는 것은 나름 시가 살아 있다는 말이다. 그만그만한 시들로 유명해지는 것은 죽어 있다는 말이다. 죽어 있는 말이 달려봐야 얼마나 갈 것인가. 달린다고 해야 허상인 것이 뻔하다. 그럴듯한 허상으로 가득 찬 세상에 김말희는 제 목소리를 강하게 꺼내 놓는다.

저기, 빛이 새어들지 않는 검은 방
푸른 잎이 말라가요
검은 방에서는 달팽이들의
눈동자가 떼굴떼굴 굴러다녀요
개미들이 노랗게 탈색되고요
아직 물들지 못한 푸른 잎이 따각따각 떨어져 내려요
검은색 숫자가 입혀진 달력처럼
월, 화, 수, 목, 금, 토 빛 잃은 숫자들이 검게 번득이죠
검은 숫자들은 날선 칼
밀림을 베어내고 말을 삼켜버려요
일요일에는 잘 익은 열대과일을 먹으며 노래 불러요
하나도 슬프지 않게 칭얼칭얼 부르죠
거대한 숲속에는 빛이 환하게 들어오고요
사나운 짐승들과 풀벌레들이 고요하게 쉴 수 있는
새로운 방을 만들어요
그곳에는 사랑이 넘치는 일요일만…

이 시는 김말희 시의 비밀의 방문을 여는 열쇠가 된다. 현실적으로 살아가는 방 외에 또 다른 방이 있다는 것이다. 현실은 늘 발목을 붙잡으며 한계와 만나게 한다. 그 현실을 검은 방으로 비유하고 있다. 말라가고 노랗게 탈색되고 떨어지고… 그뿐인가, 섬뜩하게 '날선 칼'까지 등장한다. 그보다 더한 것이 현실이라고 해야 할까, 고민도 하게 된다.

그러다 일요일을 만나게 된다. 잘 익는 과일을 먹으며, 빛이 환하게 들어오고 차분하게 쉬는 사랑이 넘치는 일요일이다. 말 그대로 안식일을 맞은 하루가 편안하게 펼쳐진다. 그중에서도 사랑이 넘치는 일이다. 하나님과 만나는 날이기 때문이다. 그 방에서 일주일간의 현실적 삶을 내려놓고 참다운 삶을 누리는 모습을 발견하게 된다.

여기서 나타나는 '검은' '칼'은 다른 시에서도 같은 이미지로 자주 등장하고 있어 주목하게 된다. 이는 권사 직분을 맡은 김말희의 현실적 확인과 전체적인 시 세계까지 조망할 수 있는 단서가 되는 대목이다.

칼바람 스며든 자리 불꽃이 핀다

섬에서 태어나 한겨울 추위쯤 거뜬히 이겨낼 거라고
찬물 손에 달고 어선처럼 출렁이며 살아온 주방장
손가락 마디마디 파도가 철썩인다

추위도 춥다 하지 못하는 동장군 같은 사람들
그들 위해서라면 손가락 아려 와도
접시 한가득 싱싱한 생선 담아내리라

갈라지고 뭉텅해진 손끝 사이로
파도가 삼켜버린 아비의 살갗 같은
생선들의 은비늘 쓰다듬다 어긋난 상처
목구멍 선혈처럼 뜨겁다

— 중략

땀방울 같은 열기 가득 찬
열 평 남짓 물항횟집 안
찬바람 뒷짐으로 물러서고
투박한 오후 감빛 같은 햇살 쏟아진다

— 「물항횟집의 겨울」에서

횟집 주방장이 주인공이다. 여기서도 '칼바람'이 나온
다. 이는 살 에이는 추운 겨울날의 표현이면서 칼 잡고 힘
들게 살아가는 횟집 주방장의 모습을 이중적으로 묘사하
고 있다.

이 시에서도 김말희의 의도는 그대로 살아난다. 추위와
싸우며 회 뜨는 힘든 상황과 그러한 현실을 이겨내며 꿋
꿋이 살아가는 모습을 감빛 같은 햇살로 그려내고 있다.

절망만 노래할 것인가. 시인은 절망에서 희망을, 불평에
서 긍정을, 이별 속에서 사랑을 찾아내는 일 아니던가. 그
렇다면 힘든 현실을 이겨내며 열심히 살아가는 소시민들

의 삶에 관심을 보이는 김말희의 시적 에스프리는 빛날
수밖에 없다. 자연스레 의미까지 확인하게 된다.

객지로 떠돌던 아버지
남겨진 유산은 빚이 되어
초록 잎사귀 돋아날 때마다
아픈 기억 단맛 사라져 갔습니다

웅크린 햇살이 봇우물에 갇힌 채
다람쥐 같은 두 동생 챙기며
빛 사라진 온기 없는
은빛 겨울 지나왔습니다

잃은 시간 찾고 싶은 세월의 계곡에서
여린 마음 노란 바람결에 흩날립니다

가만, 봄기운이 살며시
아직 소녀이고픈 서른의 처녀에게 말을 건넵니다
뿌리로 내린 쓴맛 깊이 감추고
어여쁜 꽃으로 피어나라 합니다

― 「씀바귀」에서

씀바귀는 구체적 보조관념이다. 그 특징을 살려 쓰디쓴
사연을 가진 사람 이야기와 연결시키고 있다. 아버지의 빚
까지 떠안은 서른 살의 처녀 이야기는 지나가듯 듣는 남
의 이야기가 아니다. 시인이 자신의 이야기나 자신의 감정
만을 쓴다면 얼마나 이기적인가. 시인의 시선은 멀리, 때
로 가깝게 그리고 넓고 깊게 닿아야 한다. 내 이야기가 아

니라 나보다 더 어렵게 살아가는 사람들 이야기는 그대로 시가 된다.

현대는 산문시대이다. 산문시가 일반화된 지도 오래되었다. 그 속에는 이야기가 들어 있다. 대개 외롭거나 소외되거나 가난하거나 아프거나 죄를 짓고 힘들게 살아가는 사람들 이야기다. 이러한 사람들의 사연에 주목하고 애정어린 눈길을 보내는 사람이 시인이다. 시인이 아니라면 누가 애틋하게 이들의 아픔을 어루만져 줄 것인가.

> 미루나무 위의 새들이 솟구치는 오후
> 안내견과 함께 걷는 소녀의 발걸음이 가볍다
>
> 미루나무는 지루할 겨를도 없이
> 그곳에서 일어나는 일을 모두 알고 있는 듯
> 나뭇가지를 흔들었고 새들의 꼬리를 밀어내며
> 허기진 그림자를 몰고 오기 시작했다
>
> 사람들은 가장 높은 옥타브로 소리를 질렀지만
> 불안의 그림자는 보도 위에 길게 누웠다
>
> 빛 잃은 소녀의 검고 붉은 노래
> 사람들은 불행을 바라보았지만
> 소녀는 비로소 불행을 벗어났다는 듯
> 더 빨갛고 창백한 밤을 감미롭게 맞이했다
>
> 요란한 경적들이 사라지자
> 미루나무는 그제야 바람결을 타고
> 부르르 잔가지 털며 건반을 덮었다

사람과 차가 같이 살아가는 세상이다. 차가 사람보다 무서운 존재이다. 편리한 만큼 위험이 도사리고 있는 이 시대의 자화상이다. '빛 잃은 소녀의 검고 붉은 노래'는 꼭 시각장애인 소녀 이야기만은 아니다. 어찌 보면 현대인들은 너나없이 기계문명 앞에서 한없이 나약한 존재일 수 있다. 그로 인한 사고는 대형으로 이어지기도 하지만 또 그 대열에서 벗어나지 못하고 살아갈 수밖에 없다.

이러한 일련의 시를 통해 김말희 시의 문을 활짝 열어 보았다. 시인의 의도와 의미와 이야기를 듣고 살펴보는 일은 시와 소통하는 주요한 첫 관문이다.

여유가 의미를 만나다

좋은 시가 따로 있다는 생각은 무모하다. 아니다. 좋은 시는 별도로 있다. 읽는 사람의 가슴을 흔들어 대는 것이다. 그럼 된다. 감동을 먹고 사는 존재가 시이기 때문이다. 그 감동의 종류가 많아서 꼭 어느 시가 좋다고 말하기 어려운 것이 또한 시의 특징이다. 그래서 좋은 시는 별도로 없다. 읽는 사람에 따라, 느끼는 사람에 따라 차이가 크기 때문이다. 진지한 것만이 능사도 아니고 요란한 수사를 앞세워 놓았다고 좋은 것도 아니다.

> 창가에 따다 놓은 모과 한 광주리
> 모난 것 없이 둥글둥글 실하게 여문 것이

온 방안을 향긋한 말로 가득 채운다
손님으로 온 어린 조카도 모과 향을 듣는다
그 향내 궁금한지,
모양새 먹음직스러운지,
저것이 뭐냐고 자꾸 묻는다
모과
아니 저거요
모과
아이 참 저거 말이에요
모과
??????
모가 뭔지 모르는 세상에서는 …

— 「모과의 계절이 오면」 전문

입가에 미소가 지어진다. 그 미소가 향내로 그윽하게 퍼지는 것이 보인다. 아니 들린다. 언어의 기교를 시의 주제로 활용했다. 이는 마음의 여유가 있을 때 생기는 일이다. 동음이의어인 '모과' '모가'는 말장난 같지만 재미를 동반하는 수사법이다. 모과 하나를 보며 불분명하게 흘러가는 사회의 한 단면을 꼬집는다. 진실이 무엇인지, 진리가 살아있는 것인지 도무지 알 수 없는 사회로 흘러가는 요즘 세태도 얼핏 한 자락 보인다.

씨암탉 잡으려다 놓친 아저씨
지붕 위에서 구름 따라 거니는 닭 쳐다보다
죽기 살기 동그란 닭의 눈동자 마주했다

긴장한 닭 볏 하늘 향해 빳빳 꼿꼿한데

아저씨 마당 한가운데서 제자리걸음이다
꽁지에 질린 눈가로 핏발이 섰다

오른쪽 왼쪽 수시로 기울어지는 고개
저 닭처럼 위기에 몰린 신세가 있었을까
숨 노린 자들의 위협이 코앞에 있었던 순간
꽁지 빼고 하얀 뒷걸음질 했을 것이다

걸음의 자국마다 땅 파이고 하루가 폐기된다
언제 그랬냐는 듯 목련나무 위에는
하얀 알 수북하게 걸려있다

— 「알 품는 목련나무」에서

신선한 발상이 돋보인다. 수많은 시인이 목련꽃을 노래
했지만 닭알과 연결시킨 것은 처음 본다. 이때 시인의 자
리가 확고하게 마련된다.

쫓기는 씨암닭이나 쫓기는 신세로 전락한 아저씨는 동
일선상에 있다. 이런 말이 있을 수 있을까 싶은데 동행동
음어同行同音語라서 한편 웃고 싶은데 한편 슬프다. 이런
모순을 또 요즘 아이들 말대로 '웃픈'이라고 해야 하나. 새
로운 연결 하나로 여러 정황을 몰고 온다. 생각할 여지도
그만큼 넓어지고 있다.

새 생명을 품고 있는 알은 신선함을 넘어 경이롭다. 꼭
잘 쓰고 못 쓰고의 문제가 아니다. 일단 대상을 어떻게 보
고 있는가, 라는 당위성을 확보해야 한다. 그다음 찾아오
는 의미는 자연스러우면서도 클 수밖에 없다. '수북한 하
얀 알'은 김말희가 힘들게 살아가는 이 시대 사람들에게

건네는 새 생명의 잉태라는 꿈이며 희망의 손길이다.

이 한 편으로 김말희는 시인의 역할을 다하고 있다고 해도 결코 과언이 아니다.

시대를 따라 읽어본다

자연을 훼손한 대가는 혹독하다. 재앙이라는 말을 눈앞에서 직접 만나게 된다. 인류 멸망이라고 하면 섬뜩하다. 불행하게도 이 시대에 그러한 현상들을 온몸으로 겪으며 살아가고 있다. 예민한 예지력을 가지고 있는 시인들은 이미 이러한 자연의 경고에 귀 기울이며 작품 속에서 역설해 왔다.

코로나19가 무서운 것이 아니다. 이는 단순한 예고편이다. 요는 앞으로 이보다 더 심한 바이러스가 창궐할 때 내세울 대책이 없다는 것이다. 산산이 깨진 「파편」은 그래서 단순한 제목으로 넘길 일이 아니다.

번개와 천둥이 쏟아지는 것 같은
소름이 따라 간다
사방으로 퍼져나가는 세포들

감염 되든지, 물들어 가든지
이 시기에 퍼져나가는 것은 병든 것들
그가 던진 유리병이 병으로 퍼져 나갔다

– 중략

사라졌던 음악이 제자리 찾고
차가운 숨결 위에
나뭇가지 사이에 새들이 봄을 짓는다

검은 피부에 초록이 가만가만 걸어 들어간다
그는 깨진 것을 내다 버려야 한다면서도
가끔은 발을 동동거리기도 했다

낡은 정장을 입고 휘파람을 불며 격리기간을 마친
그가 골목을 끌고 나타나자 바람이 숨을 죽였다
나무에 매달린 깃발들은 바람도 없이 펄럭였다

사막 어디쯤 잠들어 있는 속눈썹 긴 낙타가
모래를 털고 일어서듯 그는 깨진 기억을 털어내고
첫 출근길인 듯 휘파람을 불며 골목을 지나
빌딩 숲을 향해 힘차게 걸어갔다

파편은 햇빛을 투영하며 반짝, 빛으로 태어났다

— 「파편」에서

　　그 와중에도 희망의 끈을 놓지 않고 있는 구절이 있다
는 것이 가상하다. 그래도 살아가야 한다는 것이 사람 앞
에 놓인 유일한 탈출구가 아닌가. 시인도 때로 현실 세계
에 천착하며 살아간다. 어쩌면 남보다 더 진한 삶을 끌어
안고 살아간다. 삶이라고 하는 현실에 뿌리를 두고 생각이
든 상상이든 철학이든 사상이든 날아다녀야 한다.
　　파편은 일상이 깨진 모습을 상징적으로 보여주는 중요
한 객관적 상관물이다. 그 파편을 실감나게 느낄 수 있도

록 유리병瓶을 던져 병病으로 퍼져나가는 모습으로 환치되고 있다. 그 파편이 햇빛을 받아 반짝, 빛으로 태어난 것도 '검은 피부'에서 '초록'을 찾아낸 김말희의 푸른 노래이다.

여인들은 가보지 못한
강물 위를 날기도 하고
따뜻한 남쪽, 풀꽃 가득한
새소리 드높은 숲길과 고궁을 헤매며
꿈들을 하나씩 날리고 있다

상점 밖 눈이 기웃거리는 동안
적도의 중앙 케냐를 지나 세렝게티 공원의
수많은 동물에 환호하고
오로라를 가장 잘 볼 수 있다는
핀란드 북부 유리 이글루와 북위 62. 5도에서
환상에 젖어 눈발도 잠시 멈춰 섰다

눈꽃 송이처럼 빛나던 젊은 시절
잠시 그곳에 머물러 있는 것처럼
푸른 날개 펴고 차가운 눈 털어대며
멀리멀리 날아가고 있다

— 「팬데믹 시대의 여행법」에서

상상은 무죄다. 시에서는 오히려 특권이다. 팬데믹으로 여행 한번 가기 힘들어 갇혀 사는 현대인에게 지혜의 날개를 펼치고 있다. 상상의 세계에는 브레이크가 없다. 고궁부터 시작해서 저 아프리카 세렝게티 공원을 지나 유럽 어느 성당에서 고상한 시간을 가져도 좋다. 현실적 불만을 풀어주는 일도 상상이 가지고 있는 힘이다. 팬데믹에 얽혀 고립된 것을 뚫고 그 어느 곳이든 과감하게 날아갈 수 있다는 것은 상상이 주는 크나큰 혜택이다.

시인의 역할은 무엇보다 상상으로 날아다니는 것에 있다. 현실은 뿌리가 되기도 하고 이파리가 되기도 한다.

현실 감각으로 소재를 붙잡아 상상으로 비유를 만들고 그다음 의미로 자연스레 넘어가는 일이 시 창작의 공식이다. 그다음 다양하게 바꾸고 뒤집고 돌려져서 신선하게 만드는 과정을 거칠 때 제대로 된 시로 평가받을 수 있다.

노을도 까닭이 있다

엊그제 아침 해를 감격스레 맞은 것 같은데 벌써 저녁 놀이 붉은 웃음을 보여주고 있다. 바쁘게 달려왔나. 말 타고 말 부리며 달리기만 했을까. 그럴 리가 없다. 상당 부분 꽃 따라다니고 달빛 밟으며 살았던가. 사랑의 이름으로 열정을 불태웠던가. 그럴 수도 있다.

그 사이 연륜이 만들어졌다. 문학소녀 같았던 모습도 어느새 연세라는 말을 꺼낼 정도로 세월을 가늠하게 되었다. 김말희의 변함없는 순수한 마음과 상큼한 이미지, 살짝 까칠한 매력은 그대로인데 야속하게 세월만 흘러갔다. 시속에서 느껴지는 세월의 덧없는 흐름은 그래서 쓸쓸한 느낌으로 깊은 의미를 만들어내고 있다. 이때 다시 연륜이라는 말을 꺼내 놓는다. 첫 시집이라는 가슴 두근거림보다 그간의 인생길을, 시의 길을 정리한다는 느낌도 그래서 더 깊은 울림으로 다가온다.

　　세상에서 가장 긴 강이 흐르고 있는
　　몸속을 유영하네
　　몸속 물의 색을 하얗게 흐려놓은 유액은
　　몸속 돛단배 되어 떠도네
　　아득한 강 속을 떠도네
　　드넓은 중국의 장강長江에 흘러들어
　　삼대 시인을 만나는가
　　목젖 어디쯤 두보의 춘야희우春夜喜雨를 만나
　　봄비에 속절없이 앓지는 않겠네
　　계절 잃은 수렴동에 서서 떨어지는
　　폭우를 즐겨보겠네
　　거꾸로 세상을 바라보면 어지러움도 없이
　　신기한 것 가득해 웃음이 절로나네
　　아름다운 홍등紅燈이 가득한 거리
　　무슨 복福이든 차고도 넘치게 흐르는지
　　단단한 위벽에 소동파의 적벽부를 적어놓겠네
　　구부러진 줄기를 따라 한숨 쉬어보며
　　소동파가 거닐었던 대나무바다에 들어서서
　　한 가닥 낮게 깔리는 퉁소소리도 들어보겠네
　　금빛 출렁이는 강 그 강가에 서서
　　저무는 저녁놀 바라보면
　　도연명의 귀거래사歸去來辭가 들려오네
　　그대 지금 어디로 돌아갈까?
　　발길 아득해지네

－「내시경」 전문

연륜은 경지를 만들어 놓는다. 경지는 초월을 낳는다.

그때 감탄사가 나오게 된다. 소동파가 이 시대에 나타나 감정을 앞세워 읊조리고 있는가. 두보가 냉정하게 비유를 통한 시구를 입체적으로 쏟아내고 있는가. 도연명이 돌아갈 길을 재촉하며 한시름 내려놓고 서성이는가. 그 사이 김말희도 한 시대를 풍미하듯 이 첨단과학 시대를 아우르며 같이 노래 한 가락 섞어 놓았다.

아픔을 아픔으로 말하지 않고 불안을 불안으로 꺼내지 않고 시공을 초월해서 시화시켜 나가는 모습은 그래서 쓸쓸한 아름다움을 대신 전해 준다. 차가운 의료기계가 몸속으로 들어가는 것도 통소 소리로 은은하게 들려주고 있다. 아픔의 흔적과 건강 문제에 대한 불안감으로 점철된 현대 사회의 한 단면을 슬쩍 비켜서서 차원 다른 노래로 불러주고 있다. 그 초월의 노래가 더 애잔한 까닭이다.

집 앞이 환해져 있거나
아무도 손대지 않은 것들,
새 수첩의 낱장들이 흩어지던 것처럼
눈꽃 속에서 발그레 피어나던 동백이
무의미하게 떨어진 날을 기억하지 않기로 했다
스쳐 간 것들은
간간이 바람이 데리고 온 것들이거나
아물지 못한 상처들이 머물고 있는 시간

노인은 저 사람이
지갑을 훔쳐갔다 하거나
아내를 데려갔다고 하고
그 누구도 믿을 수 없어, 믿을 수 없어
자신도 믿을 수 없어

자신이 누구인지도 모르고 우두커니 앉아 있다
바람이 부려놓은 먼지와 그 먼지 위에
한 잎 두 잎 더께로 쌓이는 꽃잎도 믿지 못하는
살아온 날과 살아야 할 날의 경계를 넘나들고 있다

아득한 표정조차 잃어가는 무표정한 그
어느 날 바람이 흩날리다 돌아갔는지
간밤에 머물다간 비가 살아 있었는지
어느 바다에 물결이 출렁거렸는지도 모를
그가 앉았던 자리, 그가 살았던 모든 틈새
한 잎의 꽃잎이 잠시 머문 것 같은
희미한 아지랑이 한 점 멀어지고 있다

— 「파라노이아」 전문

 나만 잘나고 정숙하다고 착각할 필요가 없다. 남에게 관대하고 나에게 엄격해야 한다는 말도 정신 있었을 때 이야기다. 깜박, 정신줄을 놓거나 아차, 하는 사이 나만의 세계에 빠져버리는 경우가 허다하다. 무엇이 불안한 심리인가. 내 생각만 하다 생긴 현상인가. 내 고집, 내 생각만 옳다고 믿다가 발등 찍힌 것인가. 극히 자기중심적인 세상에서 진실이나 진리는 멀어질 수밖에 없다.
 김말희는 그러한 조급증으로 느껴질 정도의 이 시대 병리 현상을 시 속으로 끌어들이고 있다. 앞에서 살펴본 희망적 요소가 서서히 사라지고 있음도 주목하게 되는 부분이다. 시인의 감성이 사회의 병적인 일들을 치유하기에는 이미 늦은 것일까. 병이 너무 깊어진 것일까. 아니면 세월이 흐르면서 생긴 증세에 아예 가망이 없다는 것일까. '희

미한 아지랑이 한 점 멀어지고' 있다는 끝 소절이 무의미
의 의미로 오래 여운을 만들어 놓고 있다.

　　일이 힘들다는 핑계를 대고
　　하는 일이 적성에 맞지 않다고
　　나이를 먹어 정년이 된 나무도 있다

　　가득 찬 쓰레기통을 보면 비워야 하는 습성
　　그 나무에 가득 찬 줄기, 잎, 꽃잎들
　　떠나야 하는 것들은 이미 정해진 것처럼
　　거역하지 못하는 금기의 말들을 담고
　　새로운 씨앗을 품고 떠나기도 한다

　　ー 중략

　　화려하게 깔리는 바닥의 그림자
　　다음 해에 푸른 싹으로 돋거나
　　쉴만한 물가의 자리를 찾아
　　그동안 수고 많았다고
　　작은 나무들의 위로를 들으며
　　꽃잎이 자리를 뜬다

　　　　　　　　　　　　　　　　ー 「퇴직하는 나무」 에서

　나무들이 퇴직한다는 것은 '퇴직'이라는 말에 관심이 있
다는 것이다. 열심히 일하다가 퇴직할 때가 되면 만감이
교차할 것이다. 일이 있다는 것은 살아있다는 것이다. 일
을 끝낸다는 것은 일견 홀가분하지만 그만큼 빈자리와 마
주하는 공허한 일이다. 열심히 일하다 마주친 퇴직이라는

말은 분명 또 다른 일을 필요로 한다. 새로운 도전이 기다리고 있지만 뒤따라 붙는 세월의 흔적이 발목을 잡을까, 두려움도 동반하게 된다.

어느새 김말희도 그동안의 일에서 자유의 날개를 달고 퇴직이라는 관문을 통과하게 되었다. 유정하다. 그동안의 일들은 분명 지혜로 재생될 것이다. 그동안 하지 못한 일들과 마주하고 더 깊이 천착할 수 있을 것이다. 세계는 지구촌이 되어 가까워지고 할 일은 다양해서 그 일원으로 또 다른 일을 만날 것이다.

집 뒤 한켠 텅 빈 절구통을 보네

고요란 고요를 끌어안고
가끔 늙은 고양이가 한숨 토해내는
푸성귀만 무성히 자란 뒤란에
삭은 몸 누이고 있네

이따금 부는 바람결에 들리는
작은 소식이라도 반가울 것 같아
햇볕 따라 동그랗게 귀를 여네

빛 바래가는 귀퉁이 마음의 소용돌이
일깨우기라도 하는 듯
그늘을 벗기고 있네

허당처럼 빈 마음이
허허롭게 웃다가
허공에서 찰랑거리다가

구름으로 흘러가다가
허다하게 피어나는 허튼 마음만이
허
허
헛, 헛기침만, 헛 절구질만 해대는…

— 「허전한 오후」 전문

　뜨거운 열정으로 살아왔다고 느끼는 순간 찾아오는 허전한 바람을 인력으로 막을 수는 없다. 물밀듯, 채 피할 사이 없이, 변명할 시간도 없이 들이닥친 공간에 써넣은 시구절이 '허'의 연속이다. 그럴 나이가 아니라 그런 시절이 어느새 눈앞에 떡 버티고 서있는 것이다. 갈수록 심해지는 이 '허'의 실상을 벗어날 수 있는 어떤 희망도 보이지 않는다. 그렇게 시는 끝이 난다.

　시 쓴답시고 요란 떨고 유명한 척, 고상한 척 시류 따라 치맛바람, 바짓바람 일으키고 다니던 사람들도 다 이 시 앞에서는 그만 허전해지고 만다. 겸손해진다는 것은 사람 스스로가 아니라 세월이 만들어 준다. 그러한 일을 김말희는 간파하고 있다. 소소하게 크게 나대지 않고 소박하게 교회를 다니며 살아온 김말희에게 있어 허전함의 농도는 낮을 수밖에 없다. 곁에서 오래 지켜본 느낌이다. 쉽게 마음 흔들리거나 남의 말에 넘어가지도 않는다.

　모든 일에 자유를 앞세우며 세월만큼 마음도 유연해지고 정신적인 깊이도 확보해 놓은 시인. 시 하나 끌어안고 하나님 큰 품 안에서 일상의 행복을 만드는 시인. 힘들고 어렵고 가난하고 외롭고 아픈 사람들 영혼을 달래주는 시인, 늘 새롭고 신선한 세계를 꿈꾸고 있어 앞으로가 더 기대되는 시인 김말희.

해설은 말 그대로 시인의 시 세계를 쉽게 풀어내는 일이다. 그 일에 충실하게 김말희 시를 크게 몇 가지로 나눠 찬찬히 살펴보았다.

어느 틈에 김말희의 시를 앞세워 집까지 달려왔는가. 여기저기 떠돌던 시들이 집에 도착하여 편안하게 모여 앉은 것이 시집이다. 더 달려야 할 말은 많지만 과감하게 생략한다. 시의 매력은 생략에 있으므로. 끝까지 그 위엄을 지켜줘야 하므로.

김 말 희 시집

오래전 생소한 편지

초판발행 2022년 9월 20일

지 은 이 김말희
펴 낸 이 배준석
펴 낸 곳 문학산책사

등   록 제3842006000002호
주   소 ㉾14021
          경기도 안양시 만안구 병목안로 81. 103−1205
          (성원아파트)
전   화 (031)441−3337 / 010−5437−8303
홈페이지 http://cafe.daum.net/munsan1996
이 메 일 beajsuk@daum.net

값 10,000원

ISBN 978-89-92102-95-7 03810

★ 이 책은 경기문화재단의 문화예술진흥기금으로 발간하였습니다.